# MACHINATIONS

---

## ÉPISODE 2 : LES CONFESSIONS DE L'ÎLE

FLORIAN DENNISSON

ISBN : 979-10-95383-37-6

# ÉPISODE 2 : LES CONFESSIONS DE L'ÎLE

$$1$$



*Il y a quelqu'un parmi nous qui n'est pas la personne qu'il ou elle prétend être.*

La phrase de Bertrand était restée en suspens, les crépitements du feu dans la cheminée pour seul écho. Le climat délétère qui régnait déjà au sein du groupe venait d'atteindre son apogée.

Pas d'héritage, pas de généalogiste, pas de notaire, rien de tout cela. Mais pourquoi étaient-ils tous là, coincés sur cette île, déplorant déjà deux morts ? Qu'est-ce qui les avait tous poussés à se jeter dans la gueule du loup sans même prendre le temps de la réflexion ? L'appât du gain ? La cupidité ? Ou bien la promesse d'un peu de piment dans une vie terne évoluant au rythme du train-train quotidien ?

Chacun avait sa propre réponse, mais tous avaient cédé à une panique qu'ils tentèrent de dissimuler après l'annonce de Bertrand.

— Vous venez de lâcher une vraie bombe, Bertrand, j'espère que vous en êtes conscient ? lâcha Naima.

— J'ai bien cru qu'Hugo allait me frapper avec le tisonnier, je n'avais pas vraiment le choix, répondit-il toujours en proie à la peur.

Hugo, hébété, jeta un regard sur son arme de fortune et décida d'apaiser les tensions en la reposant à sa place. Le combat se ferait verbalement désormais, il avait trop de questions qui tourbillonnaient dans sa tête.

— Quelque chose m'intrigue, dit Hugo posément, si vous savez qu'un imposteur se cache parmi nous, pourquoi n'êtes-vous pas en mesure de le démasquer ?

— J'en ai été informé juste avant que vous ne posiez tous le pied sur l'île… sinon j'aurais annulé toute l'opération.

— Vous avez réponse à tout, Bertrand, trancha Naima.

Le faux généalogiste soupira, laissant un nouvel espace de parole à la journaliste.

— C'est donc bel et bien confirmé, il y a un meurtrier parmi nous !

Eugénie qui n'avait rien dit jusqu'alors se mêla à la discussion qui avait tout l'air d'un interrogatoire.

— C'est pour nous éliminer un par un que vous nous avez tous fait venir ? Pourquoi nous ? Qu'est-ce qu'on a de si particulier qui mérite qu'on soit parqués sur cette île de malheur à se faire trucider comme de vulgaires pions ?

— Bien parlé, conclut Hugo. Répondez Bertrand, notre patience à des limites, je pense que vous commencez à le sentir.

L'interrogé se releva lentement puis soupira.

— Si je vous explique pourquoi vous êtes ici, alors l'imposteur aura la réponse à ce qu'il cherche et nous n'aurons plus aucune utilité pour lui. Nous sommes en vie parce que je me tais.

— C'est assez commode, trancha Naima. Je suis épuisée de me battre contre votre silence, mais je m'interroge comme Hugo. Je ne comprends pas pourquoi vous n'êtes pas en mesure de démasquer l'imposteur, vous savez bien qui vous avez convoqué ici, non ? Ou alors vous avez fait ça au hasard...?

L'éventualité d'un tirage au sort avait effleuré l'esprit d'Hugo. Mais Bertrand avait toujours parlé en des termes qui venaient contredire cette théorie. Pour le jeune ingénieur, il ne faisait aucun doute que chacun était la pièce d'un puzzle dont il ignorait le dessein final.

— Je ne peux évidemment pas répondre à cette question sans compromettre les raisons de votre présence ici, mais je peux simplement vous dire que je ne connaissais le visage d'aucun d'entre vous, à part une personne, répondit Bertrand.

— Et, c'est qui ? demanda la journaliste.

— C'est vous, Naima.

Elle pouffa et tourna les talons en direction des escaliers menant à l'étage.

— C'est trop facile, Bertrand, trop facile. Je suis sûrement celle qui est la plus proche du but, je vous assaille de questions, je vous tiens tête sans cesse, je suis votre plus fervente opposante et, là, comme ça, devant tout le monde, vous révélez que je suis la seule dont vous êtes certain de l'identité ? Autant directement dessiner une cible dans mon dos ! Franchement, merci pour le cadeau empoisonné ! Sur ce, je vais me coucher et m'enfermer à double tour dans ma chambre, car je ne fais confiance à aucun d'entre vous.

Eugénie, les yeux pétillants de fatigue, lui emboîta le pas.

Essuyant le contrecoup de cette journée interminable, Hugo entreprit de s'allonger sur un des canapés, se retourna et aperçut Victor déjà alité sur le sien. À son tour, Bertrand sentit ses jambes molles, il avait l'impression de s'enfoncer dans du coton.

Quelque chose clochait.

Hugo n'arrivait plus à garder les yeux ouverts et s'était déplacé en hâte vers son lit de fortune. Il se laissa tomber sur les coussins moelleux et s'endormit instantanément. Tous tombèrent dans une léthargie incontrôlée comme de vulgaires poupées de chiffon.

Les rayons rasants du soleil trouaient la voûte nuageuse et caressaient les visages endormis des convives. Insoucieux de leur sort, le jour se levait sur l'île de Saint Riom.

Bertrand fut le premier à s'éveiller. Son dos lui provoqua une douleur lancinante, il avait manifestement dormi au sol, le grand tapis de la salle à manger pour seul matelas. Il frotta ses paupières encore lourdes et jeta un coup d'œil circulaire sur la pièce. Victor et Hugo, chacun sur leur canapé respectif, ronflaient comme si le monde les avait oubliés.

Il se rappela soudain l'ingénieur pourtant si dynamique s'avachir de façon presque incontrôlée sur le canapé derrière lui. On les avait drogués, cela ne faisait aucun doute. Sa tête pivota sur la gauche et il balaya des yeux l'objet du délit. Une théière et cinq tasses. Tout le monde avait bu la veille et tous s'étaient fait happer par le sommeil à peu près au même moment.

Soudainement pris de panique, il se rua à l'étage plus lentement qu'il ne l'avait espéré, les jambes encore ankylosées par cette nuit chimiquement induite. Il approcha de la chambre d'Eugénie et frappa à la porte vigoureusement. Il fit de même quelques mètres plus loin dans le couloir avec celle de Naima. Des deux côtés, aucune réponse. Il fit une deuxième tentative infructueuse et se décida à chercher de l'aide auprès d'Hugo et Victor.

Tirés de leur léthargie, les deux hommes eurent tout d'abord du mal à comprendre la situation et à revenir à la réalité. Chacun semblait avoir son propre rituel : Hugo se frottait le visage vigoureusement et Victor étirait tous ses membres, espérant tous deux ramener un peu de vie dans leurs corps endormis.

Bertrand leur parla du thé et du puissant somnifère qu'ils avaient dû tous ingurgiter la veille au soir et du fait que ni Naima ni Eugénie ne répondaient à ses appels. Les deux portes étant verrouillées, il faudrait à coup sûr les enfoncer pour espérer pénétrer à l'intérieur des chambres.

Alors que Bertrand terminait ses explications, les trois hommes entendirent des pas dans l'escalier. C'était Naima. Elle fit son apparition dans le salon en baillant et en étendant ses bras au-dessus de sa tête comme pour aller agripper quelque chose d'invisible au-dessus d'elle.

— Vous avez croisé Eugénie ? lança Bertrand.

— Bonjour, déjà... et, non.

Hugo, sentant l'inquiétude grandir en lui, fut le premier à s'élancer dans la cage d'escalier. Lorsqu'il fut posté devant la porte de la chambre d'Eugénie, Victor et Bertrand le rejoignirent.

Il frappa trois grands coups suivis d'un « Eugénie ! » tonitruant, mais elle ne répondit pas.

— Victor, aidez-moi à défoncer la porte, on n'a pas beaucoup de recul, mais le loquet devrait céder facilement.

Le fermoir métallique se brisa à la deuxième tentative.

À l'intérieur de la chambre, un froid polaire les enveloppa. Les carreaux de la fenêtre étaient totalement brisés et les ventaux grand ouverts. Dans la pièce glaciale, pas plus d'Eugénie que de réponse à leurs interrogations.

Alors que les autres semblaient digérer cette nouvelle information et fouillaient la pièce à la recherche d'indices, Hugo se tourna vers eux et déclara, la voix pleine de colère :

— Je pars à la recherche d'Eugénie, et vous tous (il pointa du doigt chaque personne), je vous ai à l'œil. Hors de question pour moi d'être la prochaine victime, et n'essayez pas de me convaincre avec vos grands discours, je ne vous écoute plus, je ne vous crois plus.

À la fin de sa phrase, il quitta la pièce en hâte.

Les trois autres se regardèrent puis mesurèrent enfin tout le poids des propos du jeune ingénieur. L'étau se resserrait sur eux et l'imposteur gagnait du terrain, mais ce faisant, il se dévoilait aussi petit à petit.

À leur arrivée sur l'île, ils étaient sept. Puis Eric, l'homme à tout faire, avait été retrouvé mort, flottant autour de l'île entre deux rochers. Ensuite, ce fut à Harold de subir le même sort. Retrouvé dans une petite cabane de pêcheur délabrée. Entravé à une barre de métal cimentée dans le sol de la petite bâtisse, il avait été prisonnier de la marée et s'était noyé. Maintenant, Eugénie, que le tueur avait enlevée, allait sûrement disparaître à son tour. Ils n'étaient plus que quatre et le coupable se trouvait parmi eux. Comment ne pas comprendre la détresse d'Hugo et sa réaction lorsque pour lui, les trois autres représentent un danger ? Qui croire ? À qui accorder sa confiance ?

Hugo avait d'abord eu des scrupules, mais il s'était résigné à faire un détour par la dépendance pour y emprunter un manteau de feu Eric. Cela faisait plusieurs jours qu'il se glaçait le sang à travers les bourrasques hivernales du climat breton. Porter la veste d'un mort ? Simple question de survie. Un tueur se cachait parmi eux et rodait, la nuit, sur l'île en toute impunité, tous les moyens étaient bons pour rester en vie.

Il pressa le pas jusqu'à la côte ouest avec pour destination, la petite cabane abandonnée. En cherchant de quoi braver le froid dans la petite maison, il en avait profité pour la fouiller de fond en comble. Aucune trace d'Eugénie.

Alors qu'il escaladait déjà le flanc de falaise affaissé, il entendit au loin des cris. Les silhouettes gesticulantes de Bertrand, Naima et Victor apparurent au bout du chemin. Ils lui faisaient manifestement de grands gestes dans sa direction. Hugo les ignora.

À près d'un mètre du sol, il sauta dans le sable mouillé et s'approcha de la cabane.

— À l'aide ! criait une voix féminine depuis l'intérieur.

Le sang d'Hugo ne fit qu'un tour, il faillit arracher la porte de bois branlante et se précipita à l'intérieur.

Prise de panique, Eugénie se débattait au sol contre une sorte de cadenas qu'on lui avait passé autour du cou et qu'on avait verrouillé autour de la barre de fer. Compressée contre le cadavre en décomposition d'Harold, Eugénie tirait sans cesse sur l'entrave qu'elle avait autour du cou pour respirer plus facilement. Son visage était écarlate et son maquillage avait coulé. Elle avait dû pleurer jusqu'à en perdre espoir.

— Hugo ! Mon dieu, Hugo ! Détachez-moi ! La marée ! Je vais me noyer, Hugo !

Prise de panique, elle battait des jambes et tirait de toutes ses forces sur le cadenas.

Hugo s'approcha d'elle et s'agenouilla.

— Ça va aller, dit-il d'une voix calme et apaisante.

Il lui passa une main dans les cheveux.

— Je vais aller chercher de quoi couper le cadenas. C'est fini, c'est fini.

Il se releva et elle le retint fermement.

— Me laisse pas là ! La marée va monter, je vais finir comme Harold ! Me laisse pas, il va revenir, il va revenir.

Elle s'effondra en sanglots. Hugo se baissa de nouveau.

— Qui, *ils* ? C'est qui, bon sang ?

— Je... je sais pas. J'ai rien vu... Je dormais et puis le froid m'a réveillée une première fois, et puis la deuxième j'étais sur le dos du tueur, il me transportait ici.

Elle ferma les yeux et de nouvelles larmes perlèrent le long de ses joues rosies.

— C'est qui alors ? Bertrand ? Victor ? Quelqu'un d'autre ?

Des bruits de chutes de pierres interrompirent leur échange... Quelqu'un s'approchait ! Salve d'adrénaline et battements accélérés. Hugo devait prendre en main la situation et faire au plus vite.

— Restez là, je vais chercher de quoi vous libérer et ne vous inquiétez pas, la marée aura à peine gagné quelques centimètres que je serai déjà de retour.

Il prit une bouffée d'air revigorante et sortit de la cabane. Au-dessus de lui, trois personnes le regardaient. Trois coupables potentiels. Il n'excluait pas Naima de l'équation. Après tout, elle était très athlétique et avait fait preuve d'une bonne endurance lors de leurs sessions de recherches, elle aurait très bien pu transporter Eugénie sur son dos sur quelques centaines de mètres. De plus, la captive était complètement groggy quand elle s'est fait enlever et son analyse de la situation a pu être altérée.

— Personne ne descend ! cria-t-il. C'est moi qui monte !

Arrivé face aux trois autres, Hugo réalisa qu'il allait devoir concilier avec eux. S'il s'absentait pour aller chercher de quoi libérer Eugénie, il ne pourrait pas avoir la certitude que l'imposteur ne tenterait pas quelque chose. Il misa sur la nécessité pour le tueur de rester camouflé et tenta une négociation :

— Je ne fais confiance à aucun d'entre vous, mais je suis contraint de vous expliquer la situation. Dans cette cabane, attachée au même endroit que l'a été Harold, Eugénie est prisonnière. Elle est vivante, mais elle panique à l'idée de subir le même sort que lui. J'ai repéré une pince coupe-boulon dans la remise, mais je refuse d'y aller seul. Si on veut espérer libérer Eugénie avant que la marée ne monte, on doit tous y aller. Je ne laisserai personne seul avec elle ici.

Ils échangèrent des regards et, sans bruit, hochèrent tous la tête en signe d'acquiescement. Hugo mena le cortège jusqu'au monastère, regrettant à cet instant précis de ne pas avoir d'yeux derrière la tête.

Dans la remise, Hugo trouva rapidement la pince coupe-boulon. En se baissant pour la ramasser, il repéra un petit sachet caché sous un tuyau d'arrosage enroulé. Il ne comprit pas tout de suite ce que c'était, mais quand il remarqua le petit logo présentant une flamme rouge sur fond jaune, il lui vint une idée. Il attendit le moment où tous auraient le dos tourné pour se saisir de l'objet et le fourrer dans sa lourde veste.

— C'est bon ! j'ai trouvé ce qu'il faut, lança-t-il d'une voix faussement enjouée.

Bertrand, Victor et Naima se dirigèrent calmement vers la sortie. C'est à ce moment qu'il en profita pour plonger la main dans le bric-à-brac qui jonchait le sol et attraper ce qu'il convoitait.

Dehors, le vent s'était levé et tirait avec lui un front nuageux de mauvais augure. Hugo remonta le col de sa veste et se dirigea vers la plage.

— Tu vas où ? La cabane est par là, dit Naima en pointant un doigt dans la direction opposée.

Alors qu'une bourrasque le força à fermer les yeux, Hugo se retourna et lui répondit :

— J'ai besoin d'autre chose pour libérer Eugénie, c'est à quelques mètres sur la plage, attendez-moi !

Interloqués, Naima et les deux autres le regardèrent évoluer dans les embruns. Pince coupe-boulon à la main et manteau presque trop petit pour lui, Hugo évoluait tant bien que mal dans un sable meuble où ses pieds s'enfonçaient, le forçant à dodeliner dans une pantomime à la limite du grotesque.

Arrivé à hauteur d'un rocher noir qui émergeait du sol, il s'accroupit et creusa le sable de sa main libre. Bertrand et Naima froncèrent les sourcils, perplexes. Victor comprit trop tard.

Hugo déterra le pistolet de détresse et sortit le sachet qu'il avait enfoui dans la poche de sa veste quelques minutes auparavant. À l'intérieur, quatre fusées de détresse. Il en prit une et l'inséra dans l'arme. Il se releva lentement, se retourna et pointa son arme sur Naima tout en se rapprochant d'elle. Elle leva les bras par pur réflexe.

— Qu'est-ce que tu fous ?!

— J'assure ma survie, ma belle.

Tétanisé par la peur, personne ne bougea.

— Allez, avancez ! On va à la cabane, marchez devant moi. Si quelqu'un tente quoi que ce soit de farfelu, je le fume, dit-il en visant tour à tour chacun d'entre eux.

— Vous n'allez quand même pas vous servir de cette arme contre nous, vous n'êtes pas sérieux ? tenta Bertrand.

— C'est moi l'ingénieur, mais pas besoin d'être un génie pour comprendre que l'imposteur se trouve parmi vous trois !

— Et qui nous dit que ce n'est pas toi ? lança Naima.

— Moi ? Ha ha ! Je vous aurais déjà tous tués, réfléchis !

— Sauf si tu es là pour venir chercher une information que tu n'as pas encore

trouvée...

Naima venait de relancer le jeu du doute. Tout repartait à zéro. Hugo en accepta les règles.

— OK. Tu as raison. Je pourrais être le tueur, ça se tient. En attendant, c'est moi qui ai le flingue et vous qui allez m'écouter. On avance !


À la cabane, Hugo avait ordonné à Bertrand et à Victor de rester en haut et à Naima de le suivre avec la pince coupe-boulon. Ils étaient descendus tous les deux et, quelques instants plus tard, la journaliste avait sectionné le cadenas à l'aide de la pince, Hugo pointant le pistolet de détresse sur elle.

Après avoir repris son souffle et ses esprits, Eugénie serra Naima dans ses bras.

— Merci, dit-elle d'une voix chevrotante.

Hugo laissa le moment passer puis reprit la direction des opérations. Il fit remonter Naima et ordonna à tout le monde de rentrer au monastère. Lui et Eugénie se tiendraient à bonne distance.

Durant tout le trajet, elle resta agrippée à son bras.

Grâce à son arme de fortune, Hugo restait maître de la situation. Il donnait des ordres que les autres exécutaient et lui et Eugénie se tenaient toujours à bonne distance, craignant une riposte furtive de l'imposteur. Ils se réunirent dans le salon et Hugo ordonna à Victor de faire du feu puis à tout le monde de s'asseoir côte à côte autour de la grande table. Eugénie et lui restèrent debout, à quelques mètres du reste du groupe. On aurait dit une curieuse mise en scène.

— Sur la route du retour, j'ai eu le temps de réfléchir, déclara Hugo, pointant toujours son arme sur les trois autres. Eugénie et moi, on va partir en radeau.

Celle-ci ne s'attendait pas à cette décision brusque et unilatérale, aussi se tourna-t-elle vers son sauveur et afficha un grand sourire.

— C'est pour moi ce qu'il y a de plus logique, et

vous savez maintenant à quel point j'aime ça, la logique. Eugénie a été kidnappée par l'un d'entre vous et comme je sais que ce n'est pas moi, je pars avec elle. Vous vous démerderez avec les flics quand ils débarqueront sur l'île.

— Eugénie ! Ne faites pas cette connerie ! cria Naima.

— Et pourquoi donc ? demanda Hugo.

— Si c'est toi le tueur et que, pour une raison ou pour une autre, tu n'as pas pu finir le job, c'est le meilleur moyen de t'isoler avec elle et d'en finir. Ensuite, tu reviendras nous éliminer un par un !

Hugo plissa les yeux.

— Pas mal, j'avoue. Mais moi, je sais que je ne suis pas l'imposteur alors je me tire d'ici !

Il se tourna vers Eugénie.

— Vous êtes libre de me suivre ou pas.

— J'ai confiance en vous Hugo, dit-elle. Je veux quitter cette île.

— Allez chercher toutes vos affaires, on s'en va maintenant !

Eugénie, trop heureuse de pouvoir s'éloigner enfin du danger après ce qu'elle venait de vivre, se précipita à l'étage et redescendit avec un petit sac à main et sa veste.

— Je suis prête ! dit-elle triomphalement.

Hugo fit deux pas en arrière et pointa le pistolet sur Eugénie.

— Déposez votre sac et votre veste à mes pieds.

Et pas d'entourloupe, dit-il d'un ton soudain très grave.

Les trois autres écarquillèrent les yeux, leur étonnement était palpable.

La mine de la femme s'obscurcit et elle s'exécuta dans des gestes lents. Hugo s'accroupit alors, saisit le sac à main et la veste, puis se releva d'un bond.

— Victor ! Rattrapez-moi tout ça, videz le contenu du sac sur la table et fouillez la veste.

Le sexagénaire, d'abord un peu déboussolé puis déterminé, se mit debout et tendit les bras.

Après réception, les effets personnels d'Eugénie, éparpillés au beau milieu de la grande table du salon allaient donner un nouveau sens à toute l'histoire.


Dans le petit tas composé de maquillage, de paquets de mouchoirs, de stylos et d'un carnet, un objet plus massif se distinguait des autres.

— C'est un téléphone satellite ! s'exclama Bertrand.

La stupeur pouvait se lire sur tous les visages, excepté sur celui d'Eugénie qui se défendait déjà :

— Je ne sais pas ce que fait ce truc dans mon sac ! J'ai été enlevée, je vous le rappelle !

Elle pleurait presque.

Hugo fit un nouveau pas en arrière comme pour signifier sa détermination à accuser Eugénie.

— Quand on est allés dans votre chambre alors que vous aviez disparu, tout est devenu clair dans mon esprit. Je me suis rappelé que c'était vous qui nous aviez avertis de l'incendie du bateau, le jour où nous sommes arrivés ici.

— Et alors ?

— Je me rappelle que vous étiez au premier étage et que vous êtes descendue précipitamment pour nous alerter. Malheureusement, il n'y a aucune fenêtre qui donne sur la plage à ce niveau. Elles sont toutes côté verger. Il vous était donc impossible de savoir qu'un incendie s'était déclenché ! À moins d'en avoir été au courant avant. Comme l'aurait été la personne qui l'a déclenché...

— C'est n'importe quoi ! Qu'est-ce qui vous prouve que j'étais à l'étage, c'est vous qui le dites et on devrait vous croire sur parole ?

— Ce n'est pas tout ! continua-t-il d'un ton autoritaire. Quand on a réussi à entrer dans votre chambre, j'ai tout de suite compris qu'on avait délibérément tenté de brouiller les pistes. Le verrou fermé de l'intérieur et la fenêtre brisée nous ont aiguillés dans la mauvaise direction. Ces deux indices formaient un scénario simple : celui de votre enlèvement par le tueur. Mais il n'y avait aucun débris de verre à l'intérieur. Vous n'avez pas assez réfléchi et avez cassé la vitre depuis la chambre, alors qu'un kidnappeur qui serait venu vous enlever l'aurait fait depuis l'extérieur.

— Je n'avais pas verrouillé ma porte ! Il est sûrement entré, a fermé derrière lui, m'a enlevée et est passé par la fenêtre ! Il voulait que vous arriviez à cette conclusion, il voulait vous faire croire que j'avais commis des erreurs en déguisant mon kidnapping. Mais c'est faux !

— Vous avez l'air de bien le connaître ce kidnappeur ! Ne me la faites pas à l'envers, Eugénie !

— J'ai été emmenée dans la cabane, au même endroit que le pauvre Harold, et j'allais subir le même sort, vous ne croyez tout de même pas que...

— Parlons-en de la cabane ! coupa-t-il. J'ai tout de suite vu clair dans cette mascarade. Harold était pieds et poings liés alors que vous, vous aviez simplement un cadenas autour du cou. Bien pratique quand on veut le verrouiller soi-même et faire croire qu'on a été enlevé et séquestré.

— Pourquoi tout ce cinéma, Hugo ? trancha Naima. Pourquoi nous faire croire que tu nous soupçonnais et que tu allais t'enfuir avec elle avec le radeau ?

— Pour qu'elle baisse sa garde. Qu'elle me fasse confiance et qu'elle croie que tout son manège m'avait conquis jusqu'au dernier moment.

Il tourna le visage vers Victor.

— Fouillez sa veste à présent. On y trouvera peut-être quelques indices !

Victor commença par les poches latérales puis termina par la poche intérieure dont il extirpa une petite boîte en carton.

— C'est quoi ? demanda Hugo, pressé d'en finir.

— Du Zolpi...

— Du Zolpidem ! coupa-t-il. Un puissant somnifère. Celui qu'on a tous ingéré avec le thé qu'elle nous a servi !

Alors que la culpabilité d'Eugénie ne faisait pratiquement plus de doute dans l'esprit de chacun, le visage de celle-ci changea du tout au tout. D'agneau blessé, les traits de celui-ci passèrent à ceux d'un loup assoiffé de sang. Elle fronça les sourcils et attendit le meilleur moment pour accomplir son action.

Entre deux battements de cœur, elle s'accroupit furtivement et étendit sa jambe pour frapper du plat du pied la cheville d'Hugo. Celui-ci baissa son arme en direction de son assaillante, mais l'allumage d'une fusée de détresse n'est pas aussi rapide que celui d'une balle de revolver. Le projectile manqua Eugénie de quelques dizaines de centimètres et vint s'abattre dans un des canapés.

Une lumière aveuglante emplit immédiatement la pièce et un incendie se déclencha peu après.

C'était bien plus qu'il n'en fallait pour qu'Eugénie, visiblement surentraînée, arrive à faire chuter Hugo d'une nouvelle balayette et prendre la fuite.

Paniqué par la vue des flammes, Bertrand se précipita dans la cuisine à la recherche de quoi maîtriser le début d'incendie tandis que Naima se mettait déjà aux trousses de la tueuse. Victor aida Hugo à se relever et celui-ci ne perdit pas une seule seconde pour se mettre dans le sillage de la journaliste.

**2**

———————

Dehors, la nuit était tombée comme un coup de massue et le froid transperçait les couches de vêtements de ses griffes glaciales. Plus hostile que jamais, l'île de Saint Riom cachait désormais une tueuse traquée qui n'avait potentiellement plus rien à perdre.

Hugo rattrapa vite Naima.

— Tu l'as vue partir dans quelle direction ? demanda-t-il le souffle court.

— Je crois qu'elle a fait le tour du monastère.

— Elle doit vouloir retourner dans la dépendance, elle y a sûrement caché une arme ou quelque chose dans le genre.

Les deux se dirigèrent vers le verger en petite foulée quand Naima s'arrêta :

— Tire une fusée vers la maisonnette ! Vite !

Hugo fouilla dans la poche de sa veste et sortit

le paquet de fusées de détresse. Il arma le pistolet et fit feu.

Une lumière intense éclaira toute la scène comme en plein jour. Ils purent apercevoir une ombre escalader le mur qui donnait sur le jardin de l'autre côté. Ils reprirent la chasse dans l'instant, il fallait appréhender Eugénie avant que quelque chose de grave n'arrive de nouveau.


Aidé par Victor, Bertrand vint à bout des flammes en quelques minutes. Mis à part la destruction totale du canapé, il n'y avait pas d'autres dégâts à déplorer.

Victor se déplaça vers la grande table et empoigna le téléphone satellite. Il ouvrit le clapet et appuya sur le bouton de mise en marche. Après quelques secondes, une demande de code PIN s'affichait. Sans mot dire, il se tourna vers Bertrand qui l'avait rejoint et le questionna du regard. Celui-ci répondit par un haussement d'épaules. Victor tapa quatre zéros successifs et valida. Code erroné. Il tenta 1, 2, 3, 4 et valida de nouveau. La même réponse : code erroné. Un troisième essai infructueux bloquerait définitivement le téléphone et réduirait drastiquement leurs chances de survie. Il fallait mettre la main sur Eugénie, et vite.

• • •

Naima sprinta à l'intérieur de la petite demeure tandis qu'Hugo choisit de faire le tour pour rejoindre le jardin. Eugénie avait sauté par dessus le mur avec une aisance stupéfiante, mais il n'était pas aussi entraîné. Aucun doute, ils avaient bien à faire à une vraie tueuse professionnelle. Hugo se sentit tout à coup démuni avec pour seule protection, un pistolet de détresse aussi ridicule que lent. Il chargea une nouvelle fusée et tira en l'air, au-dessus du jardin afin d'éclairer un plus grand périmètre.

Naima ouvrit la baie vitrée et, lorsqu'elle aperçut Hugo, elle secoua la tête négativement. Eugénie s'était volatilisée.

Tout à coup, un vacarme de tous les diables venant de l'étage supérieur fit sursauter Naima et Hugo. Ils n'attendirent pas une seconde et se précipitèrent au premier, Hugo et son arme de fortune en tête de cortège.

Des cris, des coups de feu, une explosion.

Hugo prit une grande inspiration et ouvrit la porte de la pièce d'où semblait provenir le tapage.

À l'intérieur, la télévision diffusait un vieux film de gangsters, volume à fond. Ne trouvant pas immédiatement la télécommande, Hugo tira sur le cordon d'alimentation pour mettre fin à la cacophonie.

— Elle nous a bernés, la garce ! souffla Naima.

— C'est une diversion...

— T'as raison ! Le radeau ! Elle va s'enfuir avec le radeau, j'en suis certaine !

Sans même reprendre leurs esprits, Naima et Hugo se jetèrent dans les escaliers et filèrent en direction de la plage au sud de l'île. Au bout de quelques dizaines de mètres de sprint à allure maximale, Hugo regretta d'avoir fait l'impasse sur le sport ces derniers mois de chômage. Son cœur battait à tout rompre et il avait plus de mal que Naima à reprendre son souffle.

L'ancien monastère derrière eux, le sol se faisait déjà plus meuble et leur course fut ralentie. Hugo tira sa pénultième fusée vers la mer et ce qu'ils craignaient le plus se déroulait déjà sous leurs yeux depuis quelques minutes.

Eugénie, en équilibre instable sur le radeau, ramait de toutes ses forces à travers les vagues glacées de la baie. Elle avait déjà pris beaucoup d'avance et leurs chances de la rattraper s'amenuisaient au fur et à mesure que les minutes s'égrainaient.

Pour sa dernière cartouche, Hugo avança le plus possible vers le bord de l'eau, le ressac venant mordre ses chaussures par ondes et lui glacer les pieds. Il braqua son arme sur l'embarcation fuyante, ferma un œil — plus par mimétisme que par réelle expérience — et appuya sur la détente.

La fusée décrivit un léger arc de cercle avant d'exploser aux pieds d'Eugénie dont le pantalon prit instantanément feu. Elle poussa un cri et s'accroupit pour éclabousser les flammes d'eau de mer, mais, sur ses vêtements synthétiques, le feu se propageait comme une traînée de poudre. Lorsqu'il atteignit ses cheveux en à peine quelques secondes, elle se jeta à l'eau. La température lui coupa la respiration et ses membres commençaient déjà à s'engourdir. Son instinct de survie ne lui laissa qu'une seule option, revenir sur la rive à la nage, tant pis si elle se jetait dans les bras de ses poursuivants, elle était pleine de ressources et pourrait réfléchir à une solution alternative plus tard.

À bout de forces et tremblant de tous ses membres, Eugénie s'écroula sur la plage tel un animal à l'agonie. Naima et Hugo la tirèrent sur le sable sec. Quand elle eut repris quelque peu ses esprits, elle tenta de prononcer quelques mots, mais ses mâchoires claquaient frénétiquement.

— On la ramène près du feu, elle va tomber en hypothermie si on ne se dépêche pas, et on a besoin de découvrir ce qu'elle sait.

Hugo hocha la tête et releva Eugénie. Chacun prit un de ses bras et ils avancèrent tant bien que mal, traînant son corps inanimé qui semblait se vider de sa vie à vue d'œil comme un fardeau.

Le foyer était encore actif quand Naima et Hugo ramenèrent la coupable tel un trophée de chasse. Ils déposèrent Eugénie au bord de l'âtre et apportèrent des couvertures et des serviettes éponges. Hugo fit un tour dans la cuisine et réapparut avec un rouleau de gros scotch marron.

— Qu'est-ce que tu fais ? lui demanda Naima.

— Je mets en place notre assurance-vie. C'est une tueuse professionnelle, quand elle aura repris un tant soit peu d'énergie, elle s'en servira contre nous.

— Il faut lui demander le code PIN du téléphone ! lança Victor de sa voix tonitruante.

Hugo s'approcha du sexagénaire et posa une main sur son épaule.

— Dès qu'elle pourra articuler, je m'en chargerai.

Il se déplaça vers la cheminée, pris le tisonnier métallique et le plaça au cœur des braises. Alors qu'Eugénie, encore privée d'énergie, levait des yeux vides vers lui, il soutint longuement son regard.

— 18... 58, fit-elle comme si l'effort était insurmontable.

Lorsqu'il comprit qu'elle venait de lui révéler le code à quatre chiffres, Victor se rua sur le téléphone et ouvrit le clapet.

— Attendez ! cria Naima à travers la pièce. C'est trop facile. Ne tapez rien du tout, c'est sûrement un piège.

— Comment ça ? demanda Victor, interloqué.

— C'est peut-être le code d'un signe de détresse à destination de ses employeurs.

— Ses employeurs ?

— Tout ceci est une mission, ça me paraît clair ! continua la journaliste. Vous ne pensez tout de même pas qu'elle est arrivée ici de son propre chef ? Tout est prémédité et à mon avis, un protocole de sortie est prévu. Ne tapez pas ce code.

— Mais... si on pouvait utiliser ce téléphone, on pourrait appeler les secours !

— Ou prévenir ses complices et signer notre arrêt de mort.

— Alors il faut lui demander le vrai code PIN, dit Hugo en remuant le tisonnier dans les braises rougeoyantes.

— Elle ne parlera pas, conclut Naima. Elle fera tout pour brouiller les pistes et ne révéler que ce qui pourrait la sauver elle. Quoi qu'elle dise, nous n'aurons aucun moyen de vérifier les informations sans nous mettre en danger. Elle le sait et elle jouera là dessus, même sous la torture.

— On dirait que vous la connaissez... balbutia Bertrand du fond de la pièce.

— Je connais les gens de son espèce, voilà tout. J'ai été reporter de guerre et j'ai traîné mes guêtres dans les bas fonds de l'âme humaine.

Elle secoua légèrement la tête, comme pour

évacuer de vieux souvenirs encombrants, et prit place autour de la table en chêne.

— Avec un peu de chance, le radeau a été ramené sur la page par le ressac et nous pourrons nous en servir pour rentrer au port de Paimpol.

Bertrand se dirigea lentement vers la baie vitrée, semblant digérer l'information. Le regard dans le noir total de la nuit bretonne, il parla à l'attention de tout le monde :

— Pas ce soir alors, c'est bien trop dangereux. Restons encore une nuit, et si le temps le permet, nous partirons dès que possible demain. Il y a une paire de rames en guise de décoration dans la demeure où séjournait Eric, nous pourrons nous en servir.

Hugo laissa peser le silence quelques secondes puis poursuivit :

— C'est déjà fait, Bertrand. Eugénie a eu la même idée que vous tout à l'heure.


— On la met où ? répétait Hugo en désignant leur prisonnière ligotée.

— On va lui mettre un matelas dans la salle de bain du haut. Il y a une clef qui nous permettra de l'enfermer et la pièce a l'avantage d'être aveugle. Elle va sûrement se débattre toute la nuit pour défaire ses liens, mais même si elle y parvient, elle ne pourra pas faire grand-chose, dit Bertrand.

Naima avait quant à elle l'air plus dubitative.

— C'est une tueuse professionnelle, ça ne me rassure même pas de la savoir seule toute une nuit...

— J'ai une idée, dit Hugo. Il reste sa boîte de somnifères. Il suffit de lui administrer une bonne dose et on sera tranquilles cette nuit.

— Hugo, je ne pensais pas dire ça de mon vivant, mais tu es brillant ! avoua Naima suivit d'un clin d'œil complice.

Il apprécia le petit signe d'affection et toutes ses pensées se concentrèrent instantanément sur Sophie, sa petite amie. Elle devait être morte de peur à l'heure qu'il était, peut-être avait-elle déjà prévenu la police de son absence ? Il se rassura en pensant au fait que le lendemain, ils seraient tous au port de Paimpol, sains et saufs, préparant déjà leur retour chez eux.

Bertrand disposa un matelas sur le sol de la salle de bain et Naima arrivait déjà avec une couverture. La tueuse était presque mieux traitée qu'eux, se dit-elle. Ils lui firent boire leur cocktail soporifique et l'enfermèrent à double tour.

Sur le chemin vers les chambres, Naima s'adressa à Bertrand :

— On n'a pas oublié, vous savez ?

— Pardon ? dit-il, surpris.

— On n'a pas oublié que c'est vous qui nous avez fait venir ici. On a beau avoir démasqué Eugénie, vous nous devez quand même des explications.

— Demain, nous aurons tout le temps.

— Toujours réponse à tout...

Victor proposa à Hugo de dormir dans l'ancienne chambre d'Eugénie dont ils calfeutrèrent la fenêtre avec du scotch et du carton, tandis qu'il dormirait sur le dernier canapé encore utilisable de la pièce. Comme à son habitude, Naima s'enferma à double tour et déplaça une lourde commode contre la porte de sa chambre. Bertrand, mis au pied du mur par ceux qu'il avait attirés dans ce cauchemar avait dérobé à leur insu un petit bout de somnifère qu'il utilisa pour s'endormir. Le lendemain serait une journée décisive. C'est là que la véritable histoire commencerait.

À l'aube, Victor avait entendu du bruit et la porte d'entrée s'ouvrir et se fermer à plusieurs reprises, mais il était à bout de forces et n'avait pas eu le courage de se confronter à la situation. Il était toujours en vie, c'est ce qui comptait à ses yeux. Il entendit des pas dans les escaliers, Hugo descendait à lourdes enjambées.

— Salut, Victor, bien dormi ? Eugénie est toujours dans la salle de bain, je suis allé vérifier.

Quand il termina sa phrase, Hugo se surprit à penser au fait qu'ils ne connaissaient même pas le véritable prénom de leur captive. Le flot de ses pensées fut interrompu par Naima qui dévalait déjà les escaliers derrière lui.

L'air affolé, elle d'adressa à eux sans même un bonjour :

— Où est Bertrand ?

Hugo se retourna.

— Il est pas dans le bureau ? demanda-t-il en haussant les épaules.

— Non. Est-ce que...

— Oui, elle est toujours dans la salle de bain, et toujours ligotée, la coupa Hugo.

Pris de panique, ils crièrent le nom de Bertrand et fouillèrent promptement la demeure. Au bout de quelques minutes, il ne faisait plus de doutes que que le faux généalogiste manquait à l'appel.

De nouveau réunis dans le salon, les trois survivants se toisèrent.

— Tirons-nous d'ici, tout de suite ! lança Naima en allant chercher sa veste.

— On laisse Eugénie ? demanda Hugo.

— Fais ce que tu veux avec elle, moi je prends le radeau et je pars !

— Et Bertrand ? demanda Victor.

— Il est sûrement mort ou que sais-je encore !

Je ne resterai pas une seconde de plus sur cette île maudite !

Le tableau s'assombrissait de jour en jour et l'énigme dans laquelle ils étaient empêtrés se compliquait au même rythme. D'abord Eugénie qui s'était révélée comme suspecte et puis Bertrand qui disparaissait à son tour pendant la nuit. Quelles conclusions pouvaient-ils en tirer ? Eugénie avait-elle un complice ? L'étau se resserrait sur les trois restants.

Aidée par l'affolement soudain de Naima, la panique s'était propagée comme une traînée de poudre. Hugo et Victor s'étaient vêtus en hâte et projetaient de suivre la journaliste. Si elle comptait vraiment s'emparer du radeau, ils n'avaient plus d'autre choix.

Hugo s'était demandé un instant s'il était préférable de se lancer dans des recherches pour retrouver Bertrand ou s'il valait mieux arrêter les frais et s'enfuir sur-le-champ. Il était persuadé d'avoir neutralisé la coupable et que les crimes allaient s'arrêter. Lorsqu'il cherchait à répondre à toutes ses questions et qu'il explorait le champ des possibles, il était pris de vertiges. Il se retourna vers Victor.

Victor, le plus vieux, le sage, le taciturne... Et si c'était lui qui agissait dans l'ombre depuis le début ? Naima et lui allaient droit au casse-pipe ! Après avoir éliminé Bertrand dans la nuit, il se chargerait d'eux sur le radeau. Il ferait sûrement disparaître les corps en les jetant par-dessus bord dans les eaux glacées de la baie de Saint-Brieuc. Les pensées d'Hugo tourbillonnaient dans sa tête à mesure que son angoisse augmentait.

Mais tout s'arrêta lorsque la porte principale s'ouvrit.

Encombré de gilets de sauvetage et autres cirés de marin, Bertrand se dirigeait lentement vers eux depuis l'extérieur.

Tous écarquillèrent les yeux.

— Vous étiez où, bon sang ?! lança Naima.

À son tour étonné de voir leurs mines perplexes, Bertrand s'expliqua :

— Je n'arrivais pas à dormir alors dès les premiers rayons du soleil, je suis allé chercher de quoi nous assurer une traversée en sécurité. J'ai aussi pris des cirés à mettre par dessus nos vestes, on sera contents de les avoir quand on sera au beau milieu de la baie.

Naima faillit se jeter dans ses bras, mais se ravisa, ils n'étaient pas au bout de leur peine. Les réjouissances viendraient quand ils seraient tous sains et saufs.

— On fait quoi d'Eugénie ? demanda Hugo.

— Et si Bertrand nous expliquait plutôt ce qu'on fait ici ? Ça nous aiderait sûrement à y voir plus clair et à prendre de meilleures décisions, vous ne croyez pas ?

En guise de réponse, il entra dans le salon, posa son matériel, tira une chaise et prit place en soupirant.

Tous sentirent que le moment était important et ils s'approchèrent de lui. Le silence s'installa confortablement alors qu'ils attendaient que Bertrand daigne parler.

— Antarès, ça vous dit quelque chose ? lâcha-t-il, déchirant la quiétude de la pièce.

Hugo, Victor et Naima se regardèrent, intrigués. Le doyen fit un pas en avant, comme pour donner plus de poids à son propos :

— Je... J'ai fait partie, fut un temps, du conseil d'administration de cette entreprise. Quel est le rapport avec tout ceci ?

Bertrand nettoya ses lunettes avant de continuer.

— Je travaille au sein de l'équipe de communication du groupe pharmaceutique Antarès, dit-il. Mon père en était le directeur financier avant qu'il ne...

Il se racla la gorge avant de poursuivre.

— Cette île lui appartient. C'était son havre de paix. Plus d'un an après son décès, ma mère et moi avons décidé de la mettre en vente et quand nous sommes venus ici pour préparer les lieux, je suis tombé sur tout un tas de dossiers et de documents que je cherche encore à déchiffrer aujourd'hui.

Médusé par le récit de Bertrand, Hugo s'était assis et très vite, les deux autres l'avaient imité.

— Parmi la paperasse, un dossier en particulier a attiré mon attention. Il y avait des articles de journaux, des rapports, et une liste de cinq noms. Naima Hadji, Eugénie Faure, Victor Karadjian, Hugo Girardi et Harold Vandenberg. Vos noms. J'ai passé des nuits entières à tout lire et, sans pour autant comprendre toute l'histoire, il m'a paru clair que mon père était sur le point de révéler au grand jour une affaire qui allait mettre Antarès en péril. D'après les conclusions que j'avais pu tirer à l'époque, vous cinq étiez la clef de toute l'affaire.

Il fit une pause et Naima en profita pour s'immiscer dans la brèche :

— Pourquoi ne pas simplement nous contacter avec ces informations plutôt que d'inventer cette histoire d'héritage ?

— Vous n'y pensez pas ! Antarès est une multinationale qui génère des bénéfices colossaux, on parle de plus de cinquante milliards d'euros ! Ces gens ne reculent devant rien. Je reste persuadé qu'ils sont responsables de la mort de mon père. Il a dû trouver une piste solide et déclencher des alarmes chez Antarès. Son suicide n'a jamais convaincu ma famille.

Hugo soupira, Victor resta pendu aux lèvres de Bertrand.

— Après la mort de mon père, j'ai compris que la société avait mis en place une surveillance pour scruter mes moindres faits et gestes. Au début, je n'y ai pas cru, puis quand j'ai commencé à en être persuadé, je me suis naturellement demandé pour quelles raisons Antarès ferait ça. C'est en tombant sur ces dossiers ici que j'ai réalisé que la multinationale avait peur de quelque chose. Peur que mon père ait réellement découvert des indices probants et me les ait révélés. Pendant un an, alors même qu'Antarès voyait que rien ne bougeait de mon côté, ils n'ont jamais lâché de leste, leurs yeux étaient braqués sur moi en permanence. C'est, je pense, ce qui m'a poussé à persévérer dans cette quête de vérité, j'avais compris que mon père était peut-être mort à cause de ce qu'il avait découvert et je ne pouvais pas m'arrêter avant d'être allé jusqu'au bout. Pour brouiller les pistes et éviter d'éveiller les soupçons, j'ai inventé le stratagème qui vous a tous conduits ici. J'ai un ami notaire à qui j'ai expliqué le scénario de vive voix et c'est de son cabinet que vous avez reçu les lettres de convocation. Ma seule chance de vous réunir était de vous attirer avec quelque chose d'assez intrigant, mais concret. Je me suis dit qu'une histoire de gros héritage géré par un véritable cabinet de notaire ayant pignon sur rue serait assez forte pour être acceptée de vous tous. Je n'avais pas la certitude que vous répondriez tous à l'appel, mais c'était ma seule carte à jouer. Vous amener ici était à la fois stratégique et symbolique. C'est sur cette île que mon père passait du temps isolé du monde et c'est ici qu'il a commencé son investigation. Sans réseau téléphonique et entouré par une frontière naturelle, l'île de Saint-Riom constituait l'endroit idéal pour passer sous le radar d'Antarès.

— Et pourtant, deux personnes sont mortes, conclut Naima.

— J'étais déjà sur l'île depuis quelques jours quand est survenu un incident qui m'a mis la puce à l'oreille. Quelques heures avant que vous n'arriviez, je me suis rendu à Paimpol pour acheter de quoi tous vous nourrir et c'est là que j'ai eu par salves, toutes sortes de notifications dont plusieurs appels en absence de mon ami notaire et un message qu'il m'avait laissé sur mon répondeur. Celui-ci m'informait que son cabinet avait été cambriolé et qu'il avait trouvé ça assez louche pour me prévenir. Des papiers avaient disparu et dans le tas, la liste des personnes à qui il avait envoyé les courriers recommandés au sujet de l'héritage. Il était évidemment trop tard pour tout annuler et quand bien même, je ne savais pas quel coup allait jouer Antarès. Quand j'ai vu que vous répondiez tous à l'appel, j'ai immédiatement émis l'hypothèse qu'il y ait parmi vous un ou plusieurs agents infiltrés.

— Eugénie... souffla Victor.

Un silence ponctua la remarque du sexagénaire.

— Y a quelque chose que je ne comprends pas, intervint soudain Hugo. Eugénie a fait deux victimes, pourquoi ne pas nous avoir tous éliminés ?

— Parce qu'Antarès veut découvrir ce que nous savons, ce que je sais, ce qu'allait révéler mon père. Ils sont dans le contrôle le plus absolu, la société brasse un tel fric qu'ils ne peuvent pas se permettre de perdre la main. Je vous ai fait venir ici pour essayer de décrypter et continuer l'enquête faite par mon père, Eugénie était là pour faire la même chose. Mais elle ne peut pas nous faire avouer ce que nous ne savons pas...

Hugo fronça les sourcils et se gratta la tête, autant de signes que ses petites cellules grises tournaient à plein régime.

— Harold a effectivement été torturé, mais, le pauvre, ne sachant rien, il a été laissé pour mort.

Bertrand baissa la tête et s'effondra en larmes. Naima voulut poser la main sur son épaule en signe de compassion, mais elle ne pouvait s'ôter de l'esprit qu'il était la personne qui avait déclenché tout ça. Rien ne serait arrivé s'il n'avait pas eu cette lubie de poursuivre l'œuvre de son père.

Entre les sanglots, Bertrand poursuivit.

— Je suis... désolé. Je ne voulais pas que ça se termine comme ça. Imaginez la famille de ce pauvre Harold... Celle d'Eric...

— Ce n'est pas le moment de penser à ça, lança Naima. Ce n'est tout de même pas vous qui les avez tués. Si on ne veut pas finir comme eux, il faut agir vite. On aura tout le temps de découvrir ce qui nous lie tous par la suite.

— Qu'est-ce qu'on fait alors ? demanda Hugo. Le radeau est conçu pour deux personnes, une troisième à la limite, mais je ne suis pas sûr que ça tienne toute la traversée.

— Naima, Hugo, allez-y ! dit-il. Vous êtes les plus jeunes et les plus athlétiques. Moi je peux rester ici avec Victor pour surveiller Eugénie et attendre que vous reveniez avec les secours. De plus, je connais cette île par cœur, je serai plus utile ici que sur le radeau.

Il se tourna vers le sexagénaire.

— Si vous êtes d'accord, bien évidemment...

Victor hocha la tête positivement.

Hugo se leva, empoigna sa veste et s'adressa à Bertrand :

— Puisque vous connaissez cette île par cœur, dites-nous où il y a un bateau de secours pour rentrer !

— Je ne vous ai pas raconté d'histoires. Ici, pas de réseau, pas de ligne terrestre, un seul bateau pour aller et venir. Les premières années, il n'y avait même pas l'électricité.

— Et en cas de problème ?

— C'est un risque qu'aimait prendre mon père. Le prix de la paix et de la liberté.

— Un prix qu'on paye tous aujourd'hui, intervint Naima.

Hugo et Naima avaient passé les cirés par-dessus leurs manteaux et s'étaient équipés avec les gilets de sauvetage. Vêtus de la sorte, leurs mouvements étaient limités, mais une fois au beau milieu de la baie, à cette heure matinale et en plein mois de décembre, ils ne regretteraient pas leur décision.

Dehors, le vent soufflait doucement et les vagues étaient encore modérées. Comme ils l'avaient tous prédit, le radeau s'était échoué sur la plage, poussé par le ressac. Les rames étaient éparpillées à une bonne distance l'une de l'autre et Hugo les ramena à l'embarcation. Déjà, leur contact froid lui glaça les mains. La traversée n'allait pas être une partie de plaisir.

Ils poussèrent le radeau jusqu'à l'eau, laissant un sillon mouillé gravé dans le sable. Hugo se demanda s'ils laissaient là la dernière trace de leur présence ici.

Naima s'appuya sur l'épaule d'Hugo et se hissa à bord. Le jeune ingénieur glissa à plusieurs reprises, mais parvint tout de même à grimper sur le radeau en s'aidant des longues rames. Le froid imprimait sa morsure sur leurs pieds déjà trempés, tous deux grelotaient et tremblaient comme des feuilles mortes.

— Faut qu'on rame, ça va nous réchauffer, dit Naima en claquant des dents.

Hugo souffla dans ses mains et commença à pagayer. Au bout de quelques minutes d'adaptation, leurs mouvements se synchronisèrent et ils réussir à maintenir leur cap vers leur destination.

Leurs muscles se réchauffèrent au fur et à mesure qu'ils avançaient à la seule force de leurs bras, mais leurs membres inférieurs, tout particulièrement leurs pieds restaient endoloris et glacés.

Quand la douleur se faisait trop forte, le mental reprenait le dessus, se nourrissant de l'espoir unique de trouver du secours à leur arrivée au port de Paimpol.

**3**

———

Sur une impulsion de Bertrand, les deux hommes restés sur l'île s'étaient rendus auprès d'Eugénie et lui avait confectionné un petit-déjeuner. Elle n'avait pas dit un mot, même pas un merci. Il avait été question de lui détacher les mains pour qu'elle puisse manger par elle-même, mais Victor s'était fermement opposé à l'idée. Bertrand s'était alors dévoué pour lui administrer la nourriture et l'eau.

De retour dans le grand salon, Victor, pour qui l'imposante cheminée n'avait plus de secrets, relança le feu. Bertrand prit place autour de la table, semblant attendre que quelqu'un daigne se joindre à lui.

— Dites-moi, Victor, commença-t-il, que faisiez-vous exactement chez Antarès ?

Le sexagénaire lâcha une bûchette dans l'âtre et marcha vers Bertrand.

— Je siégeais au conseil d'administration. C'était il y a longtemps.

— Dans les dossiers de mon père, votre nom revenait souvent, il était parfois souligné de plusieurs traits rouges. J'en ai déduit que vous étiez un élément clef de son investigation. Vous avez une idée de ce qu'il pouvait chercher ?

Victor se racla la gorge et sembla fouiller dans une mémoire encombrée d'un pêle-mêle de souvenirs.

— J'ai été évincé du conseil d'administration assez vite, ce fut une courte période dans ma vie d'homme d'affaires.

— Pourquoi avez-vous été remercié ?

— Je ne me souviens plus très bien des détails, dit-il en grattant sa barbe poivre et sel. Je me rappelle qu'Antarès avait fait une grande vague d'investissements, c'était du grand n'importe quoi.

— Quel genre d'investissements ?

— Je ne sais plus trop... Ils rachetaient des entreprises à tour de bras dans des secteurs si éloignés du domaine pharmaceutique que c'en était presque risible.

— Vous vous rappelez de quelles entreprises il s'agissait ?

— Oh la la ! dit-il en levant les yeux au ciel. Il y en avait tellement ! Du grand n'importe quoi je vous dis. Des centaines de millions d'euros jetés par les fenêtres. Lors des sessions de vote, on m'a fait plusieurs propositions, des offres alléchantes, vous voyez ce que je veux dire ?

— Des pots-de-vin ?

— Quelque chose comme ça. Ils avaient l'air inquiets que ces investissements ne se fassent pas alors ils voulaient s'assurer que tout le monde vote dans le bon sens. On m'a offert des voyages tous frais payés dans des destinations de rêve, mais quand j'ai voulu en savoir plus sur les sociétés en question, les choses se sont gâtées.

— Vous aviez des soupçons ?

— Non. Pas à l'époque, en tout cas. Vous savez, je suis un homme d'affaires dans le bon sens du terme. Je ne vois pas le mal à gagner de l'argent, beaucoup s'il le faut, mais uniquement si tout le monde en profite. Je n'aime pas trop quand on tombe dans des délires qui vont à l'encontre du bon sens.

— Je ne vous suis pas...

— Par exemple, virer trois mille salariés d'une entreprise dans le seul but de tailler dans les dépenses, d'assurer mathématiquement un meilleur résultat et donc de faire grimper le prix de l'action, ça, c'est antiéconomique pour moi.

— Je vois.

— Les fusions-acquisitions, les rachats de sociétés qui battent de l'aile et *tutti quanti,* quand c'est uniquement pour faire des montages financiers et s'enrichir sur le malheur des autres, c'est non ! Si Antarès avait lancé cette vague d'investissements pour donner une nouvelle chance à toutes ces entreprises et les aider à prospérer, je n'y aurais vu aucun inconvénient, mais on sait tous les deux que ce n'était pas le cas.

— Et ils vous ont donc viré, comme ça, sans préavis ?

— *Ad nutum* comme on dit, oui. Sur un coup de tête. C'est le jeu quand on fait partie d'un conseil d'administration, on peut être révoqué sur-le-champ à la suite d'un simple vote. Quand j'ai voulu qu'on me transmette, au minimum, les bilans des sociétés à acquérir pour savoir où on allait mettre les pieds, les choses ont mal tourné. On m'a bien fait comprendre qu'il fallait que je vote en faveur des rachats.

— De quelle façon ?

— Des menaces, du chantage, ce genre de choses. Dans les voyages qu'Antarès me payait, j'étais toujours accueilli par des sortes d'assistantes, des guides comme ils les appelaient. En gros, des nanas à qui peu d'hommes auraient pu résister. Au bout de la deuxième ou troisième fois, j'ai bien compris où ils voulaient en venir. Je me suis dit que c'était la manière qu'Antarès avait de faire des « cadeaux » à ses administrés. J'imagine que pas mal de mes collègues y ont succombé, mais pas moi. Avant de me faire évincer, j'ai reçu chez moi quelques lettres avec des photos où on me voyait en compagnie de ces filles pendant mes vacances.

— Je ne comprends pas, coupa Bertrand, vous me dites que vous n'avez pas mangé de ce pain-là. Qu'est-ce qui pouvait vous compromettre ?

— Je ne sais pas si vous êtes marié Bertrand, mais si on montrait à votre femme des photos de vous lors de vacances à l'autre bout du monde avec des nanas sexy qui vous font tantôt un massage, tantôt vous apportent un cocktail au bord de la piscine, que croyez-vous qu'il vous arriverait ? Même s'il n'y a rien d'explicite, je vous assure que ça serait devenu un gros problème et que vous auriez du mal à vous justifier.

Il passa la main dans sa barbe et continua :

— Bref, je n'ai pas cédé à leur chantage et j'ai été viré sur-le-champ.

— Vous vous rappelez des noms des sociétés qu'Antarès voulait racheter ? demanda Bertrand.

— Honnêtement, il y avait un dossier épais comme un bottin. Si vous cherchez une société en particulier, il faudrait que vous me disiez son nom et ça me reviendrait peut-être, mais là...

Bertrand haussa les épaules.

— Non, je... je ne sais pas vraiment ce que cherche. J'imagine que mon père savait que les informations que vous détenez pouvaient être mises en commun avec d'autres afin de démêler les fils de cette histoire. C'est justement ce que je cherche à faire.

La conversation avait laissé place au silence et aux crépitements du feu. Bertrand et Victor se demandaient où Naima et Hugo en étaient, s'ils étaient sains et saufs, s'ils allaient bientôt arriver à bon port.

Soudain, ils entendirent une mélodie électronique provenant du centre de la table. Bertrand écarquilla les yeux et se précipita sur l'objet d'où provenait le son. Le téléphone d'Eugénie.

— Ça sonne ! Qu'est-ce qu'on fait ? dit-il, paniqué.

Le vent s'était levé et le courant s'était fait plus fort dans la baie de Saint-Brieuc. L'embarcation de fortune avait déjà perdu un flotteur, mais grâce à l'ingénierie d'Hugo, le tout tenait encore solidement. Il avait confiance dans le fait que le radeau resterait solide toute la traversée. Naima était la plus affectée par le froid et Hugo devait sans cesse adapter la vitesse à laquelle il pagayait pour maintenir la direction. Ils n'avaient rien dit durant la première demi-heure, mais, pour oublier le vent glacial qui transperçait leurs habits, Hugo se lança :

— Tu connais Antarès, toi ?

— De nom, comme tout le monde, je suppose,

répondit la jeune femme. Grosse entreprise pharmaceutique, des milliards de bénéfice, cotée au CAC 40, la routine quoi.

— Tu n'as pas enquêté sur eux lors d'un reportage par hasard ?

— Non. Quand Bertrand a enfin craché le morceau, j'ai fouillé ma mémoire, mais rien de concret ne m'est revenu. Mis à part le fait que la moitié de mes médicaments doivent être estampillés Antarès, je ne me vois pas de lien avec cette boîte. Et toi ?

— Pas que je sache.

— Tu fais quoi dans la vie ?

— Je vous l'ai dit à tous le premier jour, soupira-t-il. Je suis ingénieur et en ce moment je cherche du boulot.

— Je te souhaite d'en trouver. Si on arrive vivants...

— Je pourrais me reconvertir dans la marine, c'est beau la Bretagne ! ironisa-t-il.

— Et avant, tu faisais quoi ?

— Parcours classique : études d'ingénieur, stage puis un job dans la boîte où j'étais stagiaire.

— Pourquoi tu es parti ?

La journaliste d'investigation prenait le dessus sur la rameuse.

— Je ne suis pas parti, il y a eu un plan social. Je crois que la boîte dans laquelle je bossais a eu un redressement fiscal dont elle n'arrivait pas à se sortir financièrement. Pour la maintenir à flot, ils ont licencié en masse, ça arrive.

— En général, c'est pas vraiment les ingénieurs qu'on vire en premier...

— Non, c'est vrai, mais là, il y a eu une grosse vague de départs et puis quand on tape dans les hauts postes, ça fait quand même des économies ! dit-il en souriant.

— C'était quoi le nom de l'entreprise ?

— Agritec, le siège social est à Toulouse.

Naima fronça les sourcils.

— Ça ne me dit rien. C'était quoi l'activité ?

— Pas mal de choses, essentiellement des produits destinés à l'industrie agroalimentaire. Je suis ingénieur en biochimie, j'étais dans la partie recherche et développement.

— Le nom ne m'évoque rien, mais je me souviens d'un gros scandale écologique que j'avais révélé à l'époque dans le Sud-Ouest. Des usines déversaient des tonnes de déchets toxiques et chimiques dans l'océan pour faire des économies sur leur traitement très coûteux.

Hugo se tut et continua de ramer. À le voir cogiter ainsi, Naima sut sur l'instant qu'elle avait touché quelque chose.

— Je suis arrivé un peu après tous ces problèmes de redressement fiscal et compagnie, reprit-il, mais ce ne serait pas impossible qu'il y ait eu aussi dans le lot des histoires de fraude environnementale.

Naima ouvrit grand les yeux malgré le vent glacial.

— C'est peut-être de ce côté qu'il faut creuser ! Je me rappelle avoir subi énormément de pression et j'ai même eu droit à des menaces après la sortie du reportage.

Comme s'il avait ignoré cette dernière phrase, Hugo arrêta de pagayer et pointa du doigt une masse noire au loin.

— Là bas, regarde ! c'est le port de Paimpol !

Leur objectif enfin en vue, les deux ramèrent de plus belle, puisant dans leurs dernières forces et oubliant le froid pour un temps.

Deuxième sonnerie.

— Je décroche ? Je laisse sonner ? demanda Bertrand à Victor d'une voix paniquée.

— Je n'en sais rien ! À l'autre bout de la ligne, il y a les commanditaires de tous ces meurtres ! Ils s'attendent à entendre la voix d'une femme, non ?

— Oui, on ne peut pas décrocher... Il faut aller voir Eugénie !

Bertrand se précipitait déjà vers l'escalier menant à l'étage.

Quatrième sonnerie.

— Attendez ! cria Victor. Si on la laisse parler, elle va forcément leur dire qu'elle est faite prisonnière ou quelque chose dans le genre ! Elle peut même utiliser un code qu'on ne comprendra pas et on se sera livrés nous-même à nos bourreaux !

Bertrand avait cessé de courir, mais pas d'avancer. Il était déjà sur les premières marches quand il fit signe à Victor.

— Prenez le tisonnier et rejoignez-moi, on va tenter quelque chose. Si ça se trouve, le fait qu'elle ne décroche pas constitue peut-être aussi un signal de détresse. Allez, vite !

Sixième sonnerie.

Les deux hommes entrèrent en trombe dans la salle de bain. Ils allumèrent la petite pièce et tombèrent sur Eugénie qui n'avait pas bougé. Elle gisait là, sur son matelas, fermement ligotée.

Ils arrachèrent son bâillon et lui montrèrent le téléphone.

Bertrand se fit plus menaçant que jamais, la situation était grave. Victor ne l'aurait jamais cru capable d'afficher une telle mine.

— Je vais décrocher le téléphone et vous allez répondre. Employez seulement des mots simples ! Rien qu'on pourrait ne pas comprendre. Vous allez dire que tout est OK, sinon...

Il pointa le tisonnier de l'index puis ouvrit le clapet du téléphone.

—...

— Oui ? dit Eugénie en s'éclaircissant la gorge.

—...

— Sous contrôle.

Bertrand colla son oreille contre le combiné, mais ne put entendre que quelques bribes parmi les grésillements.

—... *rapport... quand ?*

— Comme d'habitude.

—... *urgent... laisser...*

— Non.

Bertrand fronça les sourcils. La conversation s'éternisait beaucoup trop à son goût.

Une nouvelle phrase inaudible de l'interlocuteur et Eugénie continua :

— Je n'en ai pas la possibi...

Victor sauta sur le téléphone et ferma le clapet d'un coup sec.

— Ça suffit ! hurla-t-il jusqu'à en effrayer Bertrand. On vous avait dit de rester simple et claire ! Qui vous a appelée ? Qui vous paye pour tout ça ?

Ses yeux étaient injectés de sang. Il brandit le tisonnier au-dessus d'Eugénie. Bertrand se leva et lui bloqua le bras. Il approcha son visage du sien et lui murmura à l'oreille :

— Ne devenons pas comme elle. Nous ne sommes pas des barbares. Calmez-vous Victor, elle ne parlera pas, c'est certain.

Il prit une grande inspiration et baissa son arme

de fortune. Il fit demi-tour et quitta la pièce exiguë sans un mot. Bertrand replaça le bâillon sur la bouche d'Eugénie et vérifia que ses liens étaient toujours solidement attachés.

Alors que, pour se calmer, Victor s'occupait du feu, Bertrand le rejoignit.

— Vous pensez qu'on est de nouveau en danger ? demanda-t-il.

— A-t-on jamais été hors de danger, Bertrand ? Je ne sais pas ce qu'elle a pu dire à la personne à l'autre bout du fil, je ne sais pas si elle a pu utiliser un quelconque code, je ne sais rien…

— J'espère simplement que Naima et Hugo sont sains et saufs et qu'à l'heure qu'il est, ils sont sur le chemin pour aller trouver du secours.

Le courant était beaucoup plus fort à proximité du port. Les vagues secouaient leur frêle radeau et Hugo craignit à un moment qu'il ne se disloque sous l'action de la houle. Naima pointa du doigt la digue en béton et tous deux pagayèrent dans sa direction. À l'approche de la rive, ils constatèrent avec amertume que le bloc de ciment qui émergeait de la mer tel un récif froid et gris était bien trop haut pour qu'ils puissent accoster.

Hugo chercha du regard une solution. Il voulait à tout prix éviter de finir à la nage et de risquer l'hypothermie.

— Naima ! Il faut aller vers la gauche, on va s'accrocher à un petit voilier, là-bas !

La jeune femme tourna la tête et aperçut le bateau à voile. Sa ligne de flottaison était plus basse que les autres et elle comprit immédiatement qu'ils pourraient grimper dessus et rejoindre enfin le ponton d'arrimage.

Alors qu'ils n'étaient plus qu'à quelques mètres, une bourrasque faillit faire perdre l'équilibre à Hugo. La vague qui suivit projeta le radeau contre la coque du voilier et une des armatures céda, ouvrant une brèche dans leur embarcation. Naima s'élança et s'agrippa fermement à une drisse qui pendait vers l'étrave. Elle réussit ainsi à limiter les secousses créées par la nouvelle lame qui vint frapper le radeau. Tentant d'encaisser le choc, Hugo glissa et sa jambe droite s'engouffra dans le trou béant. La morsure glaciale de l'eau lui fit échapper un cri.

Toujours accrochée à la fine corde qui commençait à lui lacérer la paume de la main, Naima tendit le bras pour qu'Hugo l'attrape. Le jeune homme fit une première tentative infructueuse et sa jambe s'enfonça un peu plus dans les eaux noires de la baie. S'il n'arrivait pas immédiatement à s'agripper à Naima, il était bon pour boire la tasse.

Deuxième tentative. Hugo saisit le poignet de la journaliste, mais une vague de côté le secoua et vint à bout de l'étreinte. Sa main glissa, le radeau se disloqua une bonne fois pour toutes et il se retrouva immergé dans les eaux du port. À cette température, il ne tiendrait pas longtemps avant de sombrer.

Hugo étant hors d'atteinte, Naima lança une jambe puis l'autre et se retrouva sur le pont du voilier. Elle se releva, chercha son équilibre quelques instants puis se précipita vers l'autre bord, là où le ponton se trouvait. Elle jeta un dernier coup d'œil au jeune homme qui nageait parmi les vagues avant de sauter du voilier et rejoindre la terre ferme.

Il existait un dernier espoir pour Hugo, nager vers le quai et se hisser dessus. Il aurait besoin que Naima puise dans ses dernières forces pour le tirer hors de danger. Peut-être même qu'il existait une échelle qui reliait l'eau à la terre.

Les habits épais d'Hugo avaient joué leur rôle quelques minutes, mais l'eau s'était infiltrée partout et il luttait pour ne pas hurler de douleur. Son corps ne se mouvait que grâce à l'énergie du désespoir. Ses membres allaient bientôt s'engourdir et il serait très vite happé par la houle.

Les membres ankylosés par le froid et le souffle court, Hugo parvint néanmoins à effectuer les derniers mètres qui le séparaient du quai. Au-dessus de lui, Naima lui tendait la main. Cette fois-ci, il l'attrapa fermement. Il lança son bras gauche vers l'arête du bloc de béton, mais il fut quelques centimètres trop court. Naima compris dans la manœuvre qu'elle devait le soulever du mieux qu'elle le pouvait pour le rapprocher de son but. Elle serra les dents et tira de toutes ses forces vers elle. Hugo fit un nouvel essai. Encore trop court. Les jambes flageolantes, la jeune femme n'eut d'autre choix que de mettre ses muscles au repos.

— Ne me lâche pas ! cria-t-elle pour couvrir le son de la houle. J'en peux plus, il faut juste que je fasse une pause. Quelques minutes... et après, on refait un essai.

Hugo ne put sortir un son, mais elle comprit dans l'expression de son visage qu'il acquiesçait. Il concentra toutes ses forces pour maintenir son étreinte autour de la main de Naima. Il ne sentait déjà plus la plupart de ses membres.

Le prochain essai serait le dernier.

Naima respira lentement pour reprendre ses forces et, au bout de quelques courtes minutes, elle lança à Hugo :

— Allez ! C'est reparti ! Je vais essayer de tirer un coup sec, prépare-toi à t'agripper au quai.

*C'est ce que je me tue à faire*, pensa Hugo en serrant les dents.

Naima compta jusqu'à trois et, dans l'espoir de

décupler ses forces, elle poussa un grand cri qui se perdit dans les embruns.

Hugo tendit son bras le plus loin possible et sa main saisit enfin quelque chose.

Pas le bord froid et mouillé du quai, mais autre chose, comme une pression chaude et salvatrice.

Une silhouette était apparue derrière Naima et s'était précipitée pour venir en aide au naufragé.

Le jeune ingénieur n'allait pas mourir ce soir.

Attendre. Il n'y avait plus que ça à faire. Bertrand et Victor, assis côte à côte sur le seul canapé du salon encore utilisable, étaient plongés dans leur lecture. Une revue économique pour l'un et un vieux recueil de poésie pour l'autre. La scène aurait pu paraître incongrue au vu de la situation critique dans laquelle ils se trouvaient, mais leurs options étaient depuis longtemps épuisées. Il ne leur restait plus qu'à tuer le temps du mieux qu'ils le pouvaient.

Victor leva la tête, fit le tour de la pièce du regard et se tourna vers Bertrand.

— Cette île était vraiment à votre père ?

Bertrand marqua un temps de pause, comme s'il terminait de lire une phrase avant de quitter sa revue des yeux.

— Oui, je suis triste de devoir m'en séparer. J'ai énormément de souvenirs ici.

— Vous avez des frères et sœurs ?

— Non, répondit-il avec un léger changement dans le ton de sa voix.

— Moi, j'ai une grande famille et je me disais que si j'avais passé mon enfance ici, j'aurais été au paradis.

— C'est vrai que ça y ressemble.

— Quelqu'un vous attend chez vous ? relança Victor.

— Non, je vis seul. Tout à l'heure, j'étais justement en train de me demander ce que pouvaient penser vos proches, s'ils s'inquiétaient de votre absence.

— Ma femme est bien trop contente de ne pas m'avoir sur le dos toute la journée ! Je lui ai expliqué ce que je venais faire ici et comme tout était teinté de mystère, je lui ai conseillé de ne pas trop s'inquiéter et que je lui donnerais des nouvelles quand je pourrais.

Bertrand avait le regard plongé dans le vide. Victor aperçut une larme perler sur sa joue gauche et sa lèvre inférieure trembler. Le retraité lui laissa quelques secondes de répit avec l'intention de reprendre la conversation, mais Bertrand éclata en sanglots.

Touché par la détresse du jeune homme, Victor

posa une main amicale sur son épaule. Il le laissa pleurer jusqu'à ce qu'il se sente prêt à parler.

— Je suis désolé, dit Bertrand entre deux larmes. Tout est ma faute ! Deux hommes sont morts... nous sommes tous en danger...

Il plongea son visage entre ses mains et sanglota de nouveau.

— Ressaisissez-vous, Bertrand. Ne pensez plus à ça, l'heure est à autre chose. On doit sortir d'ici vivants et livrer Eugénie à la police pour qu'elle soit jugée pour ses crimes. Pour le reste, nous verrons bien plus tard, nous aurons certainement un deuil à faire de toute cette histoire.

Bertrand essuya ses larmes d'un revers de manche.

— Je pense que les hommes d'Antarès sont après nous et qu'ils ont des moyens colossaux. Rendre Eugénie à la justice ne nous aidera pas... il va falloir découvrir ce qu'Antarès tente de cacher et c'est seulement à ce moment qu'on aura de quoi négocier.

Victor se gratta la barbe.

— Si je suis votre raisonnement, je ne peux m'empêcher de penser à une chose : où est la vraie Eugénie ? Si cette femme — quel que soit son nom — a usurpé son identité, cela signifie que la véri-table Eugénie est là quelque part et qu'elle sait aussi des choses.

— Ou alors elle a été réduite au silence...

Les mots de Bertrand avaient mis un terme à leur échange. Victor resta coi, les yeux perdus dans le vide tandis que son voisin essuyait machinalement ses lunettes embuées.

— Chaque chose en son temps, Bertrand. Attendons le retour de Naima et Hugo, j'ai bon espoir.

— J'espère que vous avez raison, mais je ne peux m'empêcher de retourner cette histoire des centaines de fois dans ma tête.

— Ne vous fatiguez pas avec ça, la situation est sous un relatif contrôle. Nous avons neutralisé la fausse Eugénie et nous avons lancé une mission pour nous porter secours, on ne peut pas faire grand-chose de plus.

— On peut réfléchir...

— Oui, alors réfléchissons, dit Victor en esquissant un sourire presque condescendant.

— Vous ne vous posez aucune question, Victor ?

Il leva les yeux au ciel et haussa les épaules.

— Quelle question, bien sûr que si !

— Dans ce cas, discutons-en ensemble, lança Bertrand qui reprenait déjà du poil de la bête.

— Et à quoi ça servirait ?

— À y voir un peu plus clair. Tenez, grâce à vous, je sais qu'il va falloir fouiller du côté des raisons de votre éviction d'Antarès. Il doit y avoir un rapport avec cette vague d'investissement dont vous m'avez parlé.

— Oui, vous avez sûrement raison, Bertrand, mais pour l'instant, je m'attèle à rester vivant. Le reste viendra. Chaque chose en son temps, chaque chose en son temps.

— Vous l'avez dit, nous avons neutralisé la tueuse, c'est déjà un gros soulagement.

Victor fit la moue puis relança :

— Nous avons neutralisé *une* tueuse. Tant que Naima et Hugo ne sont pas revenus de leur expédition, toutes les théories sont permises. Eugénie avait peut-être un complice.

— Ça ne collerait pas, mais soit, dit Bertrand, déterminé.

— Vous savez, beaucoup de choses ne collent pas, comme vous dites.

— Ah oui ?

— Par exemple, vous dites que vous nous avez fait venir ici pour des raisons de confidentialité et que vous avez pris toutes les précautions nécessaires pour que personne ne soit au courant de votre petit stratagème, n'est-ce pas ?

— Oui, je vous l'ai dit, je me pensais surveillé par Antarès.

— Dans ce cas, comment se fait-il que la fausse Eugénie ait pu être au courant de tout ça et usurper l'identité de la vraie ?

Bertrand prit une longue inspiration et répondit :

— Je vais devoir répéter ce que je vous ai déjà

dit. Le cabinet de mon ami notaire a été cambriolé, des papiers ont été dérobés et parmi eux, les détails de mon plan et la liste de vos noms à tous.

— Un cambriolage, ça arrive. Chez un notaire, un peu moins j'imagine. C'est comme ça que vous avez fait le lien ?

— Il y avait un petit coffre fort dans le bureau, mais d'après ce que m'a dit mon ami, celui-ci ne présentait que des traces superficielles de crochetage et comme ça lui a semblé étrange, il a immédiatement cherché à savoir si des papiers importants avaient été dérobés. Ne trouvant pas les documents en rapport avec mon stratagème de l'héritage, il en a conclu très vite qu'il y avait anguille sous roche et il m'a immédiatement contacté.

— Et vous avez néanmoins continué l'opération ? C'est bizarre de votre part...

— Il n'y a ni connexion internet ni réseau téléphonique ici et quand j'ai eu son message d'avertissement, il datait déjà de deux jours. C'était trop tard, vous alliez arriver quelques heures plus tard.

— Vous avez pris un énorme risque, Bertrand.

— Je n'avais pas le choix, il fallait que j'aille jusqu'au bout. Quand j'ai vu que vous étiez tous présents, mon sang s'est glacé. Soit les agents d'Antarès vous avaient suivis et ils allaient débarquer sur l'île d'une minute à l'autre, soit ils avaient placé l'un des leurs parmi vous. Dans tous les cas, Antarès cherche à savoir quelque chose que nous ne savons pas encore nous-mêmes. Je pense que c'est ce qui a... hum (il se racla la gorge)... coûté la vie à ce pauvre Harold.

— Ils sont allés trop loin désormais. Deux hommes sont morts, ils ne pourront plus reculer.

— On doit sortir d'ici et mettre nos savoirs en commun, c'est la seule façon de découvrir ce que veut cacher Antarès au point de prendre le risque d'éliminer des hommes.

Une pluie fine s'était abattue sur Paimpol et à cette heure avancée du matin, le port était désert à l'exception d'un homme à l'allure élégante qui avait bravé le froid pour venir en aide à Hugo et Naima. Il était venu récupérer des affaires dans son yacht de luxe et, alors qu'il s'apprêtait à repartir, il avait entendu les cris de Naima et le tumulte provoqué par les deux naufragés. Comprenant la scène qui se jouait devant lui, il s'était précipité vers le bord du quai pour venir en aide à Hugo. Il l'avait fermement maintenu par l'avant-bras et avec l'aide de Naima, il l'avait hissé sur la terre ferme.

— Venez à l'abri dans ma voiture ! dit-il en se déplaçant à petites foulées vers un gros 4x4 noir.

Hugo ne sentait plus ses pieds, pas plus que Naima d'ailleurs, mais tous deux puisèrent dans leurs dernières réserves d'énergie pour courir se mettre au chaud.

Au niveau du véhicule, un grand homme tout vêtu de noir sortit du côté conducteur et se hâta pour ouvrir une des portes arrière à Naima.

Elle hésita et adressa un coup d'œil perplexe à l'homme.

— Allez-y, entrez vite ! lui dit-il.

— Mais... euh... on est trempés, répondit la jeune femme.

L'homme rit.

— Cette voiture en a vu d'autres, croyez-moi ! Vous parlez à un marin ! dit-il en lui adressant un clin d'œil.

La journaliste et l'ingénieur entrèrent dans le 4x4 et s'installèrent sur la banquette arrière, soufflant dans leurs mains pour les réchauffer.

— Hamid, mets donc le chauffage à fond, veux-tu ? demanda l'homme au chauffeur.

Il prit place du côté passager, ôta ses gants de cuir bordeaux et tendit sa main à Naima.

— Je m'appelle Georges, dit-il assez fort pour couvrir le bruit de la ventilation.

— Naima, répondit-elle en serrant sa main chaude et accueillante.

Hugo se présenta à son tour et tous les deux restèrent sans rien dire, attendant que la chaleur les soulage un peu des heurts de leur traversée.

L'homme aux cheveux grisonnants et aux dents

parfaitement blanches leur laissa quelques minutes de répit avant de les interroger :

— Que vous est-il arrivé ? Vous avez fait naufrage dans la baie ?

Hugo se tourna vers Naima, cherchant manifestement une réponse appropriée dans son regard.

— C'est ça, dit-elle. Nous venons de l'île de Saint Riom et... nous sommes venus demander de l'aide.

— Eh bien, vous avez de la chance que je sois aussi matinal ! Je n'ai pas pour habitude de venir à cette heure-ci voir le *Nymphéa*.

— Le *Nymphéa* ? questionna Hugo.

— C'est le nom de mon bateau. J'y suis six mois sur douze ! Mais dites-moi, vous avez besoin de quel genre d'aide ?

Naima repensa à Eugénie puis à leur venue sur l'île et aux jours qu'ils avaient vécus jusque là.

— C'est une longue histoire, mais pour l'heure, il faut aller chercher nos amis coincés sur l'île.

Elle fit une pause.

— Et aussi d'alerter la police...

— La police ? fit Georges, étonné. Mais qu'a-t-il bien pu se passer sur cette si petite île ?

— Si ça ne vous dérange pas, je préférerais l'expliquer à un agent... répondit Naima.

— Soit. Voulez-vous attendre les autorités ou vos amis ont-ils besoin d'être secourus rapidement, eux aussi ? Vous savez, je peux préparer le *Nymphéa* en un rien de temps et nous pourrions être sur l'île en quelques minutes à peine.

— Alors, faisons ça ! s'exclama-t-elle enjouée. Et j'aurais besoin de votre téléphone portable pour appeler la police.

— Mais très certainement, ma chère.

Georges ouvrit un pan de son imperméable et fouilla sa poche intérieure. Il en sortit un objet noir et métallique qui ne ressemblait en rien à un téléphone portable.

L'homme, si avenant quelques minutes auparavant, avait totalement changé d'expression faciale. Les sourcils froncés et les yeux glaciaux, il était désormais inquiétant.

Le Glock semi-automatique qu'il pointait sur Naima y était pour beaucoup.

— Vous allez rester bien sages et nous conduire à mon agent, celle que vous connaissez sous le nom d'Eugénie.


*À suivre...*

# LA SUITE ?

Tout d'abord, je tiens à vous remercier pour votre confiance et j'espère de tout cœur que vous avez apprécié votre lecture. Si c'est le cas, rien ne me ferait plus plaisir qu'un petit commentaire de votre part au sujet du livre. D'un côté, ça aide grandement les éventuels lecteurs à faire leur choix et d'un autre, ça permet à un auteur indépendant comme moi d'obtenir un tout petit peu plus de visibilité dans cet océan de livres où les grandes maisons d'édition et les auteurs célèbres tiennent le haut du pavé.

Et la suite alors ?

Si vous mourez d'impatience de savoir ce qui va advenir de nos héros, plus une seconde à perdre, procurez-vous **l'intégrale** !

Tous les épisodes sont réunis en un seul livre, c'est plus pratique, c'est plus économique et de cette façon, vous pourrez continuer votre lecture d'épisode en épisode sans interruption. L'intégrale est disponible en vous rendant à l'adresse suivante : www.floriandennisson.com/integrale

Bonne lecture !

# RESTONS EN CONTACT !

Après avoir passé des mois à construire ce nouveau roman, c'est vous qui lui donnez vie en le lisant et pour ça, je dois vous remercier encore une fois chaleureusement. J'espère que vous avez pris autant de plaisir à vous plonger dans ce polar que j'en ai eu à l'écrire.

Je suis ce qu'on appelle un auteur indépendant, c'est à dire que je me charge de toutes les étapes de la publication de chaque livre de A à Z. Même si j'ai la chance d'être accompagné par mes bêta lectrices et lecteurs, par ma correctrice et par tous ceux qui m'aident au quotidien, c'est une énorme charge et une entreprise bien solitaire qui me laisse néanmoins une grande liberté. Notamment celle de pouvoir être au plus près de mes lectrices & lecteurs à toutes les étapes de la conception d'un nouveau roman, et ça, ça n'a pas de prix.

L'aventure ne s'arrête donc pas là ! Et la

meilleure façon pour me retrouver, connaître les sorties de mes prochains romans, bénéficier de promotions exclusives, recevoir des livres gratuits et tout savoir sur l'envers du décor de mon métier d'écrivain, c'est en vous inscrivant à mon **Groupe de lecteurs** ici :

www.floriandennisson.com/inscription

Pour le reste, je suis également présent sur les différents réseaux sociaux et vous pourrez en savoir plus sur mes inspirations, ma façon de travailler, mes personnages, mes coups de cœur et mes coups de gueule lecture, etc.

Rejoignez-moi avec d'autres lecteurs ici :

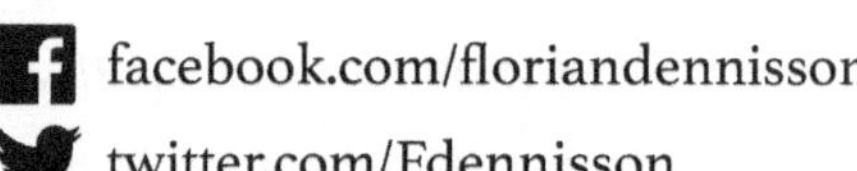
facebook.com/floriandennisson
twitter.com/Fdennisson

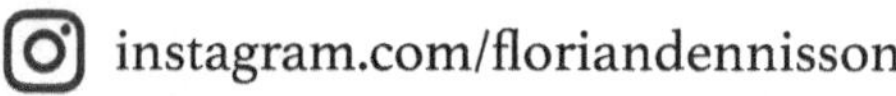
instagram.com/floriandennisson

# MES AUTRES ROMANS

DÉCOUVREZ MON UNIVERS

victimes, ce suspect pourrait se retrouver en liberté et continuer sa folie meurtrière.

**Ce que les lecteurs en disent :**

*"C'est mon premier livre de cet auteur, et je suis ravie de l'avoir choisi. En effet, l'intrigue est bien menée, les personnages sont attachants et bien sûr, la cerise sur le gâteau, la fin très inattendue ...*

*A lire sans hésiter !"*

— MIREILLE83 : ★★★★★

*"Bel objet, rythme qui nous tient en haleine. On tourne les pages sans même s'en rendre compte pour connaître la suite, s'enfoncer encore plus dans l'univers de Florian Dennisson que j'adore toujours plus à chaque nouveau roman. Des descriptions parfaitement menées, une bonne intrigue, un personnage principal attachant, mystérieux, bref, un excellent roman !!! MERCI !"*

— VIRGINIE LAFORME : ★★★★★

**Comment obtenir ce livre ?**

Rien de plus simple ! Vous pouvez vous le procurer dans toutes les versions de votre choix (e-book, papier et même en audio !) en vous rendant sur ma boutique. Pour ce faire, tapez le lien suivant dans votre navigateur :

www.floriandennisson.com/boutique.

Sinon, rendez-vous chez votre libraire préféré et commandez-le !

# LIBERTÉ CONDITIONNELLE

Après un premier **roman n°1 des Meilleures
ventes Policier & Suspense,** plongez dans le
suspense de *Liberté conditionnelle*.

**Un ancien bandit, de vieilles connaissances
qui refont surface et la police qui s'en mêle :
c'est le cocktail explosif de ce roman policier
aux allures de polar noir.**

Quinze ans après le casse du siècle, Romeo
Brigante croit couler des jours paisibles en
jouant les tenanciers de bar, mais il est très vite
rattrapé par ses fantômes du passé. En
conditionnelle et suivi de près par la
commandante Sofia Van Deren et son équipe, il

va devoir choisir son camp : tourner définitivement le dos au milieu du banditisme ou refuser de coopérer avec la police et risquer un retour en prison ?

**Ce que les lecteurs en disent :**

*"Excellent moment que j'ai partagé avec les personnages de ce polar à la française. L'intrigue est au top, on se laisse aller auprès de ce vieux taulard (pas si vieux en fait). L'écriture est elle aussi d'un haut niveau et participe activement à l'ambiance. Personnellement c'est le deuxième livre de cet auteur que j lis et je ne suis pas déçu . À lire absolument."*

— Eric13190 : ★★★★★

*"L'histoire est bien enlevée, trépidante, écrite dans un style rapide sans temps morts. Le suspense est maintenu jusqu'à la fin. Une fois le livre terminé on a envie de connaître la suite des aventures de Romeo Brigante et de son entourage."*

— Kris : ★★★★★

**Comment obtenir ce livre ?**

Rien de plus simple ! Vous pouvez vous le procurer dans toutes les versions de votre choix (e-book, papier et même en audio !) en vous rendant sur ma boutique. Pour ce faire, tapez le lien suivant dans votre navigateur :

www.floriandennisson.com/boutique.

Sinon, rendez-vous chez votre libraire préféré et commandez-le !

# UN VOISIN ÉTRANGE

Voici mon tout premier **roman à suspense pour la jeunesse.** J'ai pris beaucoup de plaisir à me prêter à l'exercice et si je peux transmettre le virus de la lecture ne serait-ce qu'à un enfant ou pré-ado, j'en serais le plus heureux !

Pendant les vacances de la Toussaint, Olivier Leroy pénètre sans en avoir le droit sur le terrain d'une des maisons de son village et fait une découverte étrange ayant peut-être un rapport avec l'une des énigmes les plus célèbres de l'Histoire. Le lendemain, un voisin bizarre vient s'installer en face de chez lui, dans une maison délabrée dont personne n'a jamais voulu depuis des décennies. Puni et ayant interdiction de sortir de chez lui, Olivier va avoir beaucoup de mal à mener son enquête et résoudre les mystères qui s'accumulent autour de lui.

**Ce que les lecteurs en disent :**

*"On connait Florian DENNISSON pour ses romans à suspense. Avec "Un voisin étrange", il se lance dans le roman jeunesse. Essai réussi. On retrouve la patte du suspense qui maintient le lecteur en haleine. Les jeunes adolescents qui se sentent un peu espion ou un peu enquêteur ou un peu aventurier ou les trois devraient trouver dans ce roman de quoi attiser leur intérêt et leur passion."*

— MARTINE LEGRAND : ★★★★★

*"Avis écrit par ma fille : Grâce à ce livre, j'ai imaginé plein d'aventures et j'ai passé un bon moment. Il était génial et il m'a bien passionné. Armonie 8 ans."*

— STEPH & SA FILLE ARMONIE :

★★★★★

**Comment obtenir ce livre ?**

Rien de plus simple ! Vous pouvez vous le procurer dans toutes les versions de votre choix (e-book, papier et même en audio !) en vous rendant sur ma boutique. Pour ce faire, tapez le lien suivant dans votre navigateur :

www.floriandennisson.com/boutique.

Sinon, rendez-vous chez votre libraire préféré et commandez-le !

# TÉLÉSKI QUI CROYAIT PRENDRE

Plus de **60 000 lecteurs** on plongé dans cette
nouvelle aventure du Poulpe dans le style de ses
origines en hommage à Jean-Bernard Pouy.

Privé de son quotidien de prédilection, Gabriel
Lecouvreur, dit le Poulpe, se retrouve à éplucher
les faits divers d'un journal de province. Il
s'entiche d'une affaire étrange qui va le mener
dans la noirceur des secrets d'une des familles
les plus puissantes de Courchevel.

Un magnat du monde de la nuit laissé pour
mort au beau milieu de son chalet de luxe et de
vieilles connaissances de Gabriel accusées à tort,
c'est le Poulpe au pays de l'or blanc.

**Comment obtenir ce livre ?**

Rien de plus simple ! Vous pouvez vous le procurer dans toutes les versions de votre choix (e-book, papier et même en audio !) en vous rendant sur ma boutique. Pour ce faire, tapez le lien suivant dans votre navigateur :

www.floriandennisson.com/boutique.

Sinon, rendez-vous chez votre libraire préféré et

commandez-le !

CHAMBRE
NOIRE

*69, rue de Provence, 75009 Paris*

www.chambre-noire-editions.com
Achevé d'imprimer en Pologne
Dépôt légal mai, 2020

www.ingramcontent.com/pod-product-compliance
Lightning Source LLC
Chambersburg PA
CBHW021022160726
47994CB00006B/2624